魔法象

为你朗读，让爱成为魔法！
The Magic Elephant Books

美国邮政

使用
邮政编码
及早投入

给艾米的信

〔美〕艾兹拉·杰克·季兹 / 著·绘　　柳 漾 / 译

GUANGXI NORMAL UNIVERSITY PRESS
广西师范大学出版社
·桂林·

"我在给艾米写信，我要邀请她来参加我的生日派对。"彼得大声宣布。

"你直接问她不就好了吗？你从没给别人写过信啊。"妈妈说。

彼得盯着信纸好一会儿，说："嗯——这样特别一些。"

彼得把写好的信反复叠了几次，然后装进信封，封好。

"我现在去寄信啦！"彼得说。

"你写了什么？"妈妈问。

你能来参加我的生日派对吗？

彼得

"你应该告诉她什么时候来。"

于是，彼得在信封背面补写：

这个周六下午两点。

"我现在去寄了。"

"贴邮票。"

彼得照做，准备出门。

"穿上雨衣，彼得！快要下雨了。"

彼得穿上雨衣，说："快要下雨了，威利，你就待在家里。"

然后，他跑了出去。

彼得往邮筒走去，边走边看天空。

乌云穿来穿去，像一匹匹野马。

彼得看了看艾米的窗户。她不在那儿。

只有她的鹦鹉佩普，在盯着下面。

"威利！我不是说了让你待在家里吗？"

彼得想，要是男孩们在我的生日派对上看到一个女孩，
他们会怎么想？

突然，出现一道闪电，还有轰隆隆的雷声。

一阵风把他手中的信吹飞了！

彼得去追信。

他想踩住信，可马上又被吹走了。

很快，信飞到空中——

又掉到地上，玩起了跳房子。

这封信一会儿飞到这儿，一会儿又飞到那儿。

彼得一会儿追到这儿，一会儿又追到那儿。

可是，他怎么也追不到。

大滴大滴的雨点落了下来。

这时，一个人从街角拐了过来。

是艾米！她朝彼得招手。

信刚好向她飞了过去。

她绝不能看到这封信，不然一点儿惊喜都没有了。
彼得和艾米都向这封信跑去。

彼得太着急了，一不小心撞倒了艾米。

他终于抓到了信。还好，艾米没看出来这是给她的信。

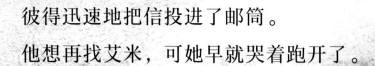

彼得迅速地把信投进了邮筒。

他想再找艾米，可她早就哭着跑开了。

完了，艾米肯定不愿意参加我的生日派对了，彼得想。

他看到了水洼里自己的倒影。

哎，糟糕透了。

回到家里，妈妈问他："信寄出去了吗？"

"嗯。"彼得有些难过。

周六终于到了。

大家都来了，除了艾米。

"要不要我现在把蛋糕推出来？"妈妈问彼得。

"我想等一等。"彼得说。

"就现在！现在推出来吧！"男孩们又叫又喊。

"好吧。"彼得慢吞吞地说，"现在推出来吧，妈妈。"

这时，门开了。

艾米拎着佩普走了进来。

"一个——一个女生！"艾迪惊叫。

"生日快乐，彼得！"艾米说。

"生——生日——快快乐——乐，彼——彼得！"佩普重复了一次。

彼得的妈妈把烤好的蛋糕推了出来，点上蜡烛。

大家唱起生日歌。

"快点儿许愿！"艾米叫了起来。

"来一卡车的冰激凌！"艾迪兴奋地叫道。

"要一家全是糖果的商店，而且吃多少都不会肚子疼！"

彼得许了自己的愿望，然后一口气吹灭了所有的蜡烛。

献给我的母亲奥古斯塔·贝克!

给艾米的信
Gei Aimi De Xin

出 品 人：柳　漾
项目主管：石诗瑶
策划编辑：柳　漾
责任编辑：陈诗艺
责任美编：邓　莉
责任技编：李春林

著作权合同登记号桂图登字：20-2016-086 号

图书在版编目（CIP）数据

给艾米的信／（美）艾兹拉·杰克·季兹著、绘；柳漾译．—桂林：广西师范大学出版社，2019.4
（魔法象．图画书王国）
书名原文：A Letter to Amy
ISBN 978-7-5598-1417-3

Ⅰ．①给… Ⅱ．①艾…②柳… Ⅲ．①儿童故事－图画故事－美国－现代 Ⅳ．① I712.85

中国版本图书馆 CIP 数据核字（2018）第 271496 号

广西师范大学出版社出版发行
（广西桂林市五里店路 9 号　邮政编码：541004）
（网址：http://www.bbtpress.com）
出版人：张艺兵
全国新华书店经销
北京盛通印刷股份有限公司印刷
（北京经济技术开发区经海三路 18 号　邮政编码：100176）
开本：889 mm × 960 mm　1/16
印张：2　　插页：8　　字数：25 千字
2019 年 4 月第 1 版　2019 年 4 月第 1 次印刷
定价：36.80 元

如发现印装质量问题，影响阅读，请与出版社发行部门联系调换。

魔法象
图画书王国

导读手册

给艾米
的信

扫一扫，更多阅读服务等着你

从日常生活里捕捉诗意

赵琼／儿童文学博士

每次翻看艾兹拉·杰克·季兹的作品，都是一种享受。

艾兹拉一直是我非常钟爱的插画家，而彼得是他的宠儿。艾兹拉为彼得创作了一系列图画书，从最早的《下雪天》到《彼得的椅子》，从《嗨，小猫！》到《防风镜》，再到这本《给艾米的信》。在这些作品里，彼得是故事的中心，吸引了我们所有人的目光。这在当时主要以白人小孩为主角的图画书创作领域，可谓独树一帜。

故事从一个邀请开始，由一封信贯穿始终。文字清浅，口语化，充满了天真的孩子气。句子长短错落，朗朗上口。对人物采用速写式的描绘，省去了背景，只把最关键的形象和人物关系凸显出来。

令我无比钦佩的是，艾兹拉的叙事语言非常精确，且真诚。他甚至只通过人物在图中的位置，就能充分表现他们当时的心情以及带动故事的节奏。这是一种令人叹为观止的才能。不可否认，在我们身处的这个世界，从来都不缺优秀的图画书作家，可我极少能在一位插画家的作品中发现这样的天赋：有敏锐的观察力，对人物关系的处理和心理的刻画细腻到极致。

艾兹拉的绘画风格独特，一眼就能辨认出来。他的用色看似平实，线条勾勒看似简单，却蕴含着丰富的层次、明暗和光影变化。他总能不动声色地通过文字和画面将故事娓娓道来。

彼得在艾米家楼下的那幅画面中，乌云翻滚的场景给人深刻印象。艾兹拉在描绘那惊心动魄的乌云的同时，为之后的故事悄然埋下伏笔。

在下一页，晕染和通透的水彩以写意的方式呈现出电闪雷鸣，这也是对彼得失去信件时心理的刻画。

艾兹拉的表达总是很含蓄，他笔下的故事看似简单，却曲折委婉。他总能从日常生活里捕捉到诗意。他甚至连用色都极富意境，透着光亮，留有空间。他具有一种天然的东方气质，不是很直白地说出自己的想法，而是善用各种暗示。因此，他的作品总是经得起反复欣赏，总是能让人一次又一次从无声处琢磨出其中的美和诗意。他能把诗意、幽默和天真融合得恰到好处。

艾兹拉并不满足于水彩的轻盈明亮，他还运用色彩拼贴的手法，营造出奇幻感和现代性。墙上那些残存的不完整的图形、文字和线条，能让读者怀着好奇长久地在画中停留、探索，而不会感到乏味。艾兹拉对氛围的营造技术也炉火纯青，仔细去看他画的雨中街道、斑驳的墙壁，便不难感受得到。他独具慧眼，化繁为简，透过意境表达出人物的真切感受。

当艾米迎面而来，故事走向了高潮，读者的心也悬在了那一刻。艾兹拉总能找到最准确的时刻，不早也不晚，就是那个刚刚好的、充满力量的时刻，将其采撷、镌刻。

"完了，艾米肯定不愿意参加我的生日派对了，彼得想。他看到了水洼里自己的倒影。哎，糟糕透了。"文字这么写着，那幅图画却美得动人，大概只有艾兹拉才能把这万般沮丧处理得如此巧妙。即使在那样低落的时刻，艾兹拉也不忍心让彼得独自承受煎熬，他让忠实的小狗威利陪在彼得身边。我时常觉得自己能从艾兹拉的作品中真实地触摸到他本人，他是这样一个内心柔软的人，充满了善意和

温情。

彼得面向窗外的背影，似乎带着属于他那个年纪的惆怅。轻轻翻过这一页，周六已至，我们忍不住去揣测这些日子里他的心情。艾兹拉总能这样举重若轻地讲述一个孩子的心愿，用一个翻页不经意地拨动我们的心弦。他总能画出那说不清道不明的情绪和感受。他是插画家中的桂冠诗人，用画写诗，用文字触摸和拥抱孩子的内心。

彼得七岁了，我们和他一起见证了这一时刻。我们并不知道他许了什么愿望，艾兹拉在最后设下的这个悬念，引人猜想。然而我们知道，并能够真真切切地感受到，彼得在最后一口气吹灭所有蜡烛时的心满意足。

艾兹拉所写的，或许只是一个孩子成长中微小的一幕，然而那场大雨却深深印刻在我们的记忆里。他画中的雨是那么隽永而美好，那么天真而纯净。愿这大雨倾盆而下，洗尽人间铅华。

《逛了一圈》

〔美〕艾兹拉·杰克·季兹 / 著·绘
柳漾 / 译

告诉孩子别害怕，勇敢地认识新朋友，新旅程里一定会有同样的善意。

《防风镜》

〔美〕艾兹拉·杰克·季兹 / 著·绘
柳漾 / 译

面对欺凌，孩子该如何说不？1970 年凯迪克大奖银牌奖作品。

《彼得的口哨》

〔美〕艾兹拉·杰克·季兹 / 著·绘
柳漾 / 译

每一次探索都会带来新的成长。看似平常的励志故事，却有意想不到的力量。

《嗨，路易！》

〔美〕艾兹拉·杰克·季兹 / 著·绘
柳漾 / 译

孩子的内心世界细腻而精彩，有时渴望关怀，有时也温暖你我。

《珍妮的帽子》

〔美〕艾兹拉·杰克·季兹 / 著·绘
柳漾 / 译

飞扬的童心和五彩斑斓的想象，也许可以带你走出坏情绪。

《月光下的仙人掌》

〔美〕艾兹拉·杰克·季兹 / 著·绘

幸福，有时就藏在生活的点点滴滴中。用心陪伴，一起细细体味生命的美好。

艾兹拉·杰克·季兹
Ezra Jack Keats

美国著名图画书作家、艺术家

1916 年出生于布鲁克林，一生大部分时间在纽约度过。他是美国第一位以黑人小孩为主角的童书创作者，希望借由图画书消弭种族歧视。他的第一部作品《下雪天》获得了 1963 年美国凯迪克大奖金牌奖。

艾兹拉从小就展露出艺术天分。第二次世界大战后，他前往巴黎深造。在纽约第五大道，现仍有许多店面在展示他的油画作品。艾兹拉·杰克·季兹基金会设立了艾兹拉·杰克·季兹奖，以鼓励优秀的童书创作者。

作者所获荣誉

★ 1963 年美国凯迪克大奖金牌奖

★ 1970 年美国凯迪克大奖银牌奖

★ 1970 年美国《波士顿环球报》号角图画书奖

★ 1977 年美国国际阅读学会 / 美国童书协会儿童评选奖

★ 1996 年作品入选纽约公共图书馆 "20 世纪最有影响力的 150 本图书"

★ 2018 年作品入选 2018 华润怡宝杯 "我最喜爱的童书" 150 强

《嗨，小猫！》

[美] 艾兹拉·杰克·季兹 / 著·绘

柳漾 / 译

友谊从一句简单的问候开始。艾兹拉为你讲述男孩与小猫的神奇相遇。

让我们的爱里少一些"暴力"

王晓明 / 中国心理学会注册心理师

《给艾米的信》是一本关注儿童心理的图画书，真实地体现了成长中的孩子情感的细腻与丰富。

彼得的生日就要到了，出于害羞或是珍重，他用写信的方式邀请艾米参加自己的生日派对。他用这样一种特别的方式写好后反复折叠，希望给艾米带去美好的体验。在妈妈的提示与支持下，彼得写完了信，出门邮寄。他有些犹疑，邀请一个女孩来过生日，会不会被男孩们认可。一阵大风像是听懂了他的忐忑，吹走了信，他焦急地左追右赶。这时大滴的雨落下，就像暗示着什么。彼得突然看见了艾米在跟他打招呼，他不希望那封信被艾米发现。由于着急，他不小心撞倒了艾米。艾米哭着跑开了。这时，彼得的内心被接踵而至的状况搅起波澜，充满了焦虑与不安，如同天气般瞬息万变，超出了预期。

对于成年人来说，从邀请朋友到信被风吹走，再到撞倒艾米，或许都无足轻重。但彼得却如同坠入谷底，感觉一切都糟糕透了。生日那天，彼得还是默默地期待艾米出现，希望等她来了再把蛋糕推出来。艾米终于带着自己的小鹦鹉佩普出现了，非

常开心地祝福了彼得，其他男孩也并没有嘲笑彼得邀请女孩来过生日。最终，彼得过了一个令他心满意足的生日。

《捕捉儿童敏感期》的作者孙瑞雪老师提出，人际交往的敏感期是儿童成长和发展过程中一个很重要的阶段，将为儿童成人后的人际交往奠定非常重要的基础。孙老师建议，在这个周期中，给孩子空间，让孩子自己处理问题，直到孩子需要，成人才介入，但介入的时候并不是告诉孩子应该怎么做，而是要倾听孩子的心声，让孩子说出他们的纠纷，让他们自己找出关系中存在的问题。这就是我们所说的，儿童拥有发现问题、解决问题，并且思

考出解决问题的计策和方案的自由，不能剥夺他们的自由，这样才能使儿童从人际关系的敏感期顺利地通往下一个周期。在这本书里，彼得的妈妈没有用成年人的视角来评价或指导彼得，而是在听到彼得的想法时，接纳他的这些小情绪，也尊重他表达这些情绪的方式，给了他所需要的支持。例如彼得写邀请信时，她虽然很诧异彼得使用的方式，但没有阻止，并提醒他要写上生日派对的时间；生日派对开始后，其他人都到齐了，但艾米还没到，妈妈没有自作主张，而是先询问彼得可不可以把蛋糕推出来。整个过程中，妈妈给予的无条件的爱与信任，使彼得的情感需求得到满足，人际交往的能力可以健康发展。

和彼得的妈妈不一样的是，我们很多父母并没有认识到这一点，反而容易陷入"爱的暴力"当中。"爱"怎么会是"暴力"？在学者蒋勋看来，爱有时候也是一种暴力，不给孩子最大自由的爱，就会制造一种以爱的名义捆绑与被捆绑的孤独。

父母对孩子的爱是毋庸置疑的，但这种爱里有时不由自主地会夹杂父母的期待，成人常常会不自觉地希望控制孩子的某些想法、感觉或状态。如果孩子有与我们期待相符的表现，我们会试图延长这种表现的时间，甚至一次又一次地召唤这种表现。若是与我们的期待相悖，我们就会努力阻止或改变。就这样，我们与孩子一起陷入痛苦当中。意大利著名心理学家皮耶罗·费鲁奇在《孩子是个哲学家》里写道："只要我期望我的孩子有某种表现，我就紧张和焦虑，不能以他们原本的样子去看待他们，和他们在一起时也不能获得任何快乐。"这是一种爱的焦虑。不允许孩子有自己的小情绪、小心思，或是不允许孩子用自己的方式去表达和处理，以为这样能让他们少走弯路，殊不知反而限制了孩子的人际交往。一味地想让孩子如我们所期待的那样，而忽略、否定孩子自然出现的情绪和反应，也是一种"爱的暴力"。

其实对于成年人来说，被某种刺激影响之后的情绪有时和孩子是相似的。虽然我们不会像彼得那样因为撞倒艾米而担心失去朋友，但我们也会因为重要的事而患得患失，这都是人类的自然反应。只是孩子的人生阅历比我们少一些，所以情绪显得更强烈。然而我们无法单纯通过语言传授的方式让孩子跳过这些情感体验，直接收获经验。所以，我们更需要听到、看到孩子的感受，告诉孩子有这些感受是正常的，然后给予他陪伴和支持。

艾兹拉·杰克·季兹在书中赫然写着"献给我的母亲奥古斯塔·贝克！"。也许，就是为了感激他的母亲在他成长过程中所给予的爱和自由。读懂这本书里蕴含的亲子相处之道，了解孩子的心理，让我们的爱里少一些"暴力"，给予孩子一份健康的爱。

为你朗读，让爱成为魔法！

我的火星探险

我们的悄悄话

暴风雨

嗨，路易！

老猫老猫

月亮月光光

123，散步去

将来有一天

想象ABC

月光下的仙人掌

阳光

月光

亨利盖了一座小木屋

和爸爸一起散步

海龟与狐狸

谢谢你，小干！

冬日花园

十粒种子

蜗牛去漫游

听，鲸鱼在唱歌

小雄打翻了牛奶之后

米莉的大惊喜

糟糕的发型